AIMÉ VINGTRINIER

ANNE DE GEIERSTEIN

OU

LA PROPHÉTIE

GRAND OPÉRA

TIRÉ DE WALTER SCOTT

PARIS

ARNAULD DE VRESSE, LIBRAIRE-ÉDITEUR

55, rue de Rivoli, 55

1870

Lyon. — Imp. d'A. Vingtrinier.

ANNE DE GEIERSTEIN

GRAND OPÉRA

AIMÉ VINGTRINIER

ANNE DE GEIERSTEIN

ou

LA PROPHÉTIE

GRAND OPÉRA

TIRÉ DE WALTER SCOTT

PARIS

ARNAULD DE VRESSE, LIBRAIRE-ÉDITEUR

55, rue de Rivoli, 55

—

1870

Lyon. — Imp. VINGTRINIER, rue Belle-Cordière, 14.

ANNE DE GEIERSTEIN

ACTE PREMIER

Un vallon du canton d'Underwald ; à gauche, au premier plan, l'habitation
d'Arnold Biedermann ; à droite, au second plan, les ruines de l'ancien
château de Geierstein ; dans le fond un torrent ; au-dessus des montagnes
les cîmes du mont Pilate. — Temps d'orage.

SCÈNE PREMIÈRE.

BIEDERMANN et ses fils, ANNE DE GEIERSTEIN, ANNETTE,
bergers.

LES FILS BIEDERMANN.

Oh eh ! bergère !
Oh eh ! berger !
Quittez la bruyère ;
Fuyez le danger.

BIEDERMANN.

Rentrez les vaches des montagnes,
L'orage gronde sur les monts ;
Il éclate sur les campagnes.

LES BERGERS.

Courons, courons.

LES FILS BIEDERMANN.

Le voyez-vous? La foudre se promène,
L'avalanche s'élance et roule avec fracas !
Sur son lit de glaçons, de neige, de frimas,
Le vieux Pilate se déchaîne.

LE CHŒUR.

Mais c'est en vain que sa fureur,
Ses cris, ses soupirs et sa plainte
Veulent nous glacer de terreur ;
D'Einsiedlen la Vierge sainte
Étend sur nous son regard protecteur.

ANNE.

Protége-nous, Dame de l'Helvétie ;
Accorde-nous ta grâce et ton appui,
Pour les malheurs de cette vie
Et pour les dangers d'aujourd'hui.

TOUS.

Protége-nous, Dame de l'Helvétie !

BIEDERMANN.

Qu'avez-vous entendu ?

LES BERGERS.

C'est comme un cri d'appel.

BIEDERMANN.

Sonnez du cor et que chacun s'écrie.
Le pays de Guillaume Tell
De l'hospitalité doit être la patrie.

LES BERGERS.

On nous a répondu, ce sont des étrangers.

(Philipson et son fils paraissent de l'autre côté du torrent. Anne monte à leur rencontre, leur indique les passages et leur sert de guide pour les amener devant l'habitation de Biedermann.)

BIEDERMANN.

Recevez-les ; ils ont bravé l'orage.

ANNETTE.

Et dû courir bien des dangers.

RUDIGER.

L'un est vieux.

ERNEST.

L'autre est de mon âge.

SCÈNE II.

Les Précédents, PHILIPSON, ARTHUR.

PHILIPSON.

Salut ! vous qui vivez au fond de ces forêts.
Ne trouvez pas notre vue importune.

BIEDERMANN.

Ce pays offre peu d'attraits
A ceux qui cherchent la fortune.

PHILIPSON.

Il est un bien plus précieux que l'or.

BIEDERMANN.

Quel est-il ?

PHILIPSON.

On dit : la sagesse.

BIEDERMANN.

Vous pouvez ajouter encor
Un bon accueil dans la détresse.

QUATUOR.

BIEDERMANN.	ANNE.
Mes amis, partagez ce modeste repas ;	Soyez les bienvenus, partagez ce repas ;
Vous arrivez d'une course lointaine.	Vous êtes fatigués d'une course loin-
Béni soit Dieu d'avoir guidé vos pas	(taine.
Dans les champs qui sont mon do-	
(maine.	

<table>
<tr><td>

PHILIPSON.

Il est bienvenu ce repas
Après une course lointaine.
Béni soit Dieu d'avoir guidé nos pas
Dans les champs de votre domaine.

</td><td>

ARTHUR.

Merci d'avoir guidé nos pas,
Vous, de ces lieux aimable châtelaine ;
Mais ici, je le dis tout bas,
Je crains de trouver une chaîne.

</td></tr>
</table>

BIEDERMANN, *à Philipson.*

A l'étranger battu par les autans
Offrir un abri tutélaire
Fut un devoir dans tous les temps,
Et ce devoir, après moi, je l'espère,
Sera rempli par mes enfants.
Vous êtes voyageurs et marchands ?

PHILIPSON.

Nous le sommes.

BIEDERMANN.

Anglais ?

PHILIPSON.

Nous avons cet honneur.

BIEDERMANN.

Le commerce enrichit les hommes,
Mais aux dépens de leur bonheur.
Simples vertus de mes ancêtres,
Régnez toujours dans ce canton ;
Par vous nous n'avons pas de maîtres,

> Pas plus que l'aigle du vallon.
> La Liberté, cette fille guerrière,
>   Règne après Dieu sur nos chalets,
> Et notre épée ardente et fière
> La maintiendra reine dans nos forêts.

(Anne et Arthur s'éloignent ; Anne indique à son compagnon les curiosités de la vallée.)

PHILIPSON.

Je crois voir ces héros de Rome et de la Grèce,
Simples dans leurs discours, grands dans leurs actions,
Qui menaient leurs troupeaux avec cette sagesse
   Dont ils guidaient les nations.

<table>
<tr><td align="center">ANNETTE.</td><td align="center">LES FILS BIEDERMANN.</td></tr>
<tr><td>Notre maîtresse est émue</td><td>Notre cousine est émue</td></tr>
<tr><td>Et ses traits ne font que changer</td><td>Et ses traits ne font que changer</td></tr>
<tr><td align="center">Depuis la venue</td><td align="center">Depuis la venue</td></tr>
<tr><td align="center">De cet étranger.</td><td align="center">De cet étranger.</td></tr>
</table>

ERNEST, *désignant Anne et Arthur qui causent à voix basse.*

Si Rodolphe arrivait !

RUDIGER.

C'est lui !

LES FILS BIEDERMANN.

Gare la guerre !

Nous verrons l'orage éclater
Entre la Suisse et l'Angleterre.

ARTHUR, *s'approchant.*

Je crois qu'on veut me plaisanter.

SCÈNE III.

Les Précédents, RODOLPHE DE DONNERHUGEL.

RODOLPHE, *à Biedermann.*

Au magistrat qui nous gouverne,
Au landamman de ce canton,
La Diète et l'Etat de Berne
Ont envoyé ce message.

BIEDERMANN, *d'un air froid, après avoir lu.*

C'est bon.
Soyez le bien-venu, prenez place à ma table.

RODOLPHE, *à part.*

L'accueil est bref.

ARTHUR.

Que disent-ils tout bas ?

RODOLPHE, *à ses cousins.*

Et près d'elle il est donc aimable ?
Ah ! c'est bien

BIEDERMANN.

Vous ne buvez pas !

LES FILS BIEDERMANN, *à Rodolphe.*

Tu nous apportes des nouvelles ?

RODOLPHE.

Des nouvelles qui font plaisir ;
La gloire et l'or, le vin, les belles,
Bientôt vous n'aurez qu'à choisir.

LES FILS BIEDERMANN.

La gloire et l'or, le vin, les belles ?

RODOLPHE.

Bientôt nous n'aurons qu'à choisir !

BIEDERMANN, *à Philipson.*

Le croiriez-vous ? ce vin que nos ancêtres
Voyaient couler dans leurs festins joyeux,
Qui charmait nos repas champêtres,
Ne suffit plus à nos neveux.

RODOLPHE, *s'adressant à Anne.*

Et pourtant de cette vallée
Tous les produits sont enchanteurs.

(A Biedermann.)

Vous qu'on a vu dans la mêlée

Précéder nos drapeaux vainqueurs,
De nos aïeux notre aisance est l'ouvrage ;
De leur valeur blâmez-vous le bienfait ?
Imitons-les et sachons faire usage
  Du don que leur main nous a fait.

  Amis, buvons à la vaillance,
  Aux exploits de nos combattants.
  Nos pères n'auront pas, je pense,
  Trop à rougir de leurs enfants.
  Si des Bourguignons la colère
  Nous fait sortir de nos hameaux,
  Je veux aller remplir mon verre
  Au jus fumant de leurs coteaux.

  Bourgogne ! à moi tes hommes d'armes,
  Tes fantassins, tes cavaliers !
  L'ourson trouvera quelques charmes
  A renverser tes chevaliers.
  Que dès ce jour le Téméraire
  Fasse défoncer ses tonneaux ;
  Je veux demain remplir mon verre
  Au jus fumant de ses coteaux.

LES FILS BIEDERMANN.

Qu'a-t-il dit ? qu'a-t-il dit ?

BIEDERMANN.

Silence !
Depuis quand n'a-t-on plus ni sage, ni vieillard,
Pour nos conseils où prennent tant de part
Des conseillers qui sortent de l'enfance?

RODOLPHE.

Non ! nos vieillards ne pensent pas
En nous ouvrant les yeux manquer à la sagesse.
La tête doit montrer au bras
Le but offert à son adresse.

BIEDERMANN.

Non pas avant le jour où le bras doit agir !
De honte et de chagrin je sens mon front rougir
Quand je vois nos enfants si pleins de confiance.
Je veux croire à votre vaillance,
La sagesse viendra plus tard.
Allez, enfants, allez dans la prairie.
(*A Arthur.*)
Vous qui n'êtes pas montagnard,
Restez près de nous, je vous prie.

PHILIPSON.

Non, non ! qu'il montre à ces jeunes guerriers
Que les enfants de l'Angleterre
Savent aussi se couvrir de lauriers.

SCÈNE IV.

BIEDERMANN, PHILIPSON.

BIEDERMANN.

Bon marchand, vous aimez la guerre.

PHILIPSON.

Je fus soldat et je m'en fais honneur.
Pour mon pays j'ai dû prendre les armes,
Et maintenant je sens mon pauvre cœur
Frémir encor, tressaillir de bonheur
    Au bruit du fer, aux cris d'alarmes.

BIEDERMANN.

Bon marchand, dans votre pays,
Vous n'aviez pas, pour comble de misères,
    Des Anglais pour vos ennemis ;
    Vous ne combattiez pas des frères.
    Nous avons vu dans nos discords
    Jusqu'où peut aller la furie ;
    Sur les vivants et sur les morts
    On voyait pleurer la patrie.

PHILIPSON.

Hélas ! hélas ! pour une pauvre fleur
    Le sang coulait dans nos vallées ;
    Chaque jour un nouveau vainqueur

Faisait des veuves désolées.
O mon pays, pardonne à ma douleur !
Qui peut sonder sans pleurer tes blessures !

BIEDERMANN.

Chassez ce sombre souvenir,
Des temps passés oublions les injures
Et regardons vers l'avenir.
Vous allez?

PHILIPSON.

En Bourgogne.

BIEDERMANN.

Et nous aussi, peut-être.

PHILIPSON.

Vers le duc ?... et quand ?

BIEDERMANN.

Dès demain.

PHILIPSON.

Ensemble nous pourrons paraître
Devant ce fougueux souverain,
Ce Charles qu'on nous peint si fier, si redoutable.
J'ai pour lui des bijoux de prix.

BIEDERMANN.

Votre entretien m'est agréable ;
Nous acceptons.

PHILIPSON.

Je suis surpris
De l'objet de votre message ;
Vous allez implorer la paix..?

BIEDERMANN.

L'exiger, oui, mais l'implorer, jamais !
Naguère j'ai trouvé peu sage
Celui qui découvrait devant des étrangers
Notre espérance et nos dangers ;
Je puis pourtant vous confier sans crainte
Que Charle a blessé nos Cantons ;
Pour faire entendre notre plainte
Demain nous quittons ces vallons.
Notre jeunesse veut la guerre,
Les vieillards demandent la paix ;
Nous répondrons au Téméraire,
S'il nous repousse en sa colère :
Que Dieu nous garde désormais !
Bataille ! bataille !
La Suisse a pour muraille
Le corps de ses enfants.
Des monts de l'Helvétie
Chaque pierre s'écrie :
Guerre et mort aux tyrans !

PHILIPSON, BIEDERMANN.

Bataille ! bataille !

BIEDERMANN.

Voici ma fée. Allons, qu'avez-vous à me dire ?

SCÈNE V.

Les Précédents, ANNE DE GEIERSTEIN.

ANNE, *timidement.*

Si je vous gêne ?

BIEDERMANN.

Eh bien !

ANNE.

Je me retire...

BIEDERMANN.

Approchez ; que demandez-vous ?

ANNE.

C'est l'arc de Buttisholz.... (*Elle prend l'arc et les
flèches dans la demeure de Biedermann*).

BIEDERMANN.

Quel est le téméraire
Qui veut tenter ce qu'il ne pourra faire ?
Qui veut bander cet arc parmi ces jeunes fous ?

ANNE.

C'est notre jeune Anglais.

BIEDERMANN.

Imprudent !

PHILIPSON , *examinant l'arc.*

A son âge

Je l'aurais fait, mais je suis vieux.

BIEDERMANN.

Vous vanter ?... Vous n'êtes pas sage.
Cet arc anglais conquis par mes aïeux
Sur des bandits qui pillaient l'Helvétie
 Par nous ne fut jamais tendu.
 Il est même une prophétie...
 Mais y croire est un temps perdu.

PHILIPSON.

Voyons donc cette prophétie ?

ANNE.

Quand l'étranger tendra trois fois
L'arc anglais, prix de la victoire,
Le vautour, enivré de gloire,
Prendra son vol au pied des rois.

PHILIPSON.

Prendra son vol au pied des rois ?

BIEDERMANN.

Prendra son vol au pied des rois.

PHILIPSON.

Au pied des rois?

BIEDERMANN, ANNE.

Au pied des rois.

BIEDERMANN, PHILIPSON.

Ah! ah! ah! quelle prophétie!

TRIO.

BIEDERMANN.	ANNE.
Comment croire une prophétie?	Il est vrai!... cette prophétie!...
Portez cet arc au jeune Anglais,	Portons cet arc au jeune Anglais,
Et s'il fait plus que ne firent jamais	Et s'il fait plus que ne firent jamais
Les défenseurs de l'Helvétie,	Les défenseurs de l'Helvétie,
Comment croire à tous les bienfaits	Qu'il jouisse un jour des bienfaits
Que nous promet la prophétie?	Que lui promet la prophétie.

PHILIPSON.

La singulière prophétie!
Mon fils est brave, il est Anglais,
Et s'il fait plus que ne firent jamais
Les défenseurs de l'Helvétie,
Qu'il jouisse un jour des bienfaits
Que lui promet la prophétie.

PHILIPSON, *en désignant Anne qui tient l'arc à la main.*

Nos ménestrels diraient: Voilà l'Amour!

BIEDERMANN, *en souriant.*

N'écoutez pas les sottises du jour ;
Allez, emportez ce trophée.

SCÈNE VI.

PHILIPSON, BIEDERMANN.

BIEDERMANN.

De ma demeure c'est la fée,
C'est le lutin de mon foyer.

BIEDERMANN.	PHILIPSON.
Heureux l'époux qui sera digne d'elle,	Heureux l'époux qui sera digne d'elle,
Heureux celui qui saura le premier	Heureux celui qui saura le premier
Toucher ce cœur tendre, pur et fidèle.	Toucher ce cœur tendre, pur et fidèle.

BIEDERMANN.

Bientôt, hélas ! elle fuira ces lieux.

PHILIPSON.

Vous fuir ? Un de vos fils en fera sa compagne.

BIEDERMANN.

La parenté s'oppose. Un jeune ambitieux
Y pensait, mais de l'Allemagne
Son père m'écrit l'autre jour :
« Conduisez ma fille à la cour
Du puissant prince de Bourgogne. »

Aucun délai ne m'est permis.
Ce message me fut remis
Par un reître, insolent ivrogne,
Dont j'aurais volontiers cassé le crâne épais,
Car cette enfant qu'il faut rendre à son père,
Cette enfant qui n'a plus de mère,
Plus qu'un des miens, plus que tout je l'aimais !
Quel est ce bruit ?

LES JEUNES GENS, *dans le lointain*.

Victoire !

BIEDERMANN.

Vous l'entendez ! Jadis ce cri de gloire
Ne s'élevait jamais sans l'aveu d'un vieillard.

SCÈNE VIII.

Les Précédents, ANNE, ARTHUR, RODOLPHE,
LES FILS BIEDERMANN, Villageois.

TOUS.

Il a touché !

RODOLPHE.

C'est par hasard.

TOUS.

Il est notre maître,
Et jamais, peut-être,

Depuis son réveil,
L'antique Helvétie,
Tremblante et saisie,
N'a vu coup pareil.
Trois fois !

RODOLPHE.

C'est par hasard, vous dis-je.

TOUS.

L'oiseau, le mât.

RODOLPHE.

C'est un prestige.

TOUS.

Il a nommé les coups du premier au dernier.

RODOLPHE.

Eh bien ! dites qu'il est sorcier.

TOUS.

Il est notre maître,
Et jamais peut-être
Depuis son réveil,
L'antique Helvétie,
Tremblante et saisie,
N'a vu coup pareil.

ANNETTE.

Et nous verrons la prophétie?...

TOUS.

Ah! ah! ah! ah! la prophétie!
Le vautour va sortir des bois.
L'antique oiseau de l'Helvétie
Prendra son vol au pied des rois.

ARTHUR.

Au pied des rois?

TOUS.

Au pied des rois.

RODOLPHE.

Sonnez, clairons, jouez, hautbois. (*On danse*).

TOUS.

Conduisez la danse
Au bruit des chansons;
Sautez en cadence,
Filles et garçons.

BIEDERMANN.

Pourquoi tant de tumulte? approchez-vous, ma fille;
Elle seule de la famille
A gardé sa raison, je crois;
Il a bandé cet arc? Il a touché?

ANNE.

Trois fois.

TOUS.

Suivant la vieille prophétie...

BIEDERMANN, *à Rodolphe.*

Et vous êtes jaloux d'un pauvre voyageur ?
D'un étranger ?

RODOLPHE.

Sur mon honneur,
D'où viendrait cette jalousie ?

TOUS.

Quand l'étranger tendra trois fois
L'arc anglais, prix de la victoire,
Le vautour, enivré de gloire,
Prendra son vol au pied des rois.

*(Pendant que Biedermann parle à Rodolphe, celui-ci
laisse prendre sa place par Arthur. Anne et Arthur
conduisent la danse. Au repos, Rodolphe se rapproche
de ce dernier.)*

RODOLPHE.

Ma vue est-elle ou non trompée ?
Vous vendez des bijoux d'acier ?

ARTHUR.

J'en ai.

RODOLPHE.

Vous avez une épée ?.....

ARTHUR, *lui offrant son gant.*

Et des gants.

RODOLPHE.

Comme un chevalier.

(*Prenant le gant*).

Je vous le rendrai.

ARTHUR.

Le lieu, l'heure ?

RODOLPHE.

Dans ces débris, au point du jour.

ARTHUR.

Vous m'y trouverez.

RODOLPHE, ARTHUR.

Que je meure,
S'il sort jamais de ce séjour.

(*Reprenant l'air de la danse*).

> Conduisez la danse
> Au bruit des chansons ;
> Sautez en cadence,
> Filles et garçons.

TOUS.

> Conduisez la danse
> Au bruit des chansons,
> Sautez en cadence,
> Filles et garçons.

DEUXIÈME TABLEAU.

Les ruines du château de Geierstein ; à gauche le torrent ; à droite ouverture des souterrains ; dans le fond, montagnes couvertes de sapins. Le jour commence à se lever.

ARTHUR, *seul.*

Vais-je laisser mon cœur dans ces montagnes ?
Sans nul espoir me faudra-t-il aimer ?
Doux souvenir qui partout m'accompagnes,
Illusion qui devais me charmer,
Effacez-vous, fuyez de ma pensée !
Que suis-je encor ? un simple voyageur !
Chêne abattu dont la gloire est passée !
Faible débris d'une antique splendeur...
Fière beauté, tu méprises peut-être
Cet inconnu dont tu guidas les pas.

Tu veux avoir pour époux et pour maître
Jeune guerrier, fameux dans les combats.
Portons ailleurs nos soins, notre espérance ;
A mon pays j'ai consacré mes vœux,
Mais j'ai promis de punir l'insolence.....
Je punirai...

SCÈNE II.

ARTHUR, RODOLPHE. (*Arthur est armé d'une fine et lé-
gère épée, Rodolphe porte une grande et lourde épée
à deux mains.*)

RODOLPHE.

Me voici.

ARTHUR.

C'est heureux.

RODOLPHE.

As-tu fait tes adieux au jour qui nous éclaire ?

ARTHUR.

Qui donc doit me ravir sa magique clarté ?

RODOLPHE.

A cet humble vieillard que tu nommes ton père,
Qui cherchera ton corps à nos vautours jeté ?

ARTHUR.

En garde ! défends-toi !

RODOLPHE.

Quoi, c'est là ton épée ?
Jouet d'enfant et non fer de guerrier.

ARTHUR.

De trop de soins ton âme est occupée.

RODOLPHE.

Pour tuer un ours il faudrait plus d'acier.

ARTHUR.

Le sang jaillit de ta blessure,
L'ourson farouche est aux abois.

RODOLPHE.

Du torrent entends-tu la voix ?
Ses flots seront ta sépulture.

ARTHUR.

Je ferai graver à mes frais,

Au seuil de ta couche dernière :
Passant, donnez une prière
Pour un ours tué par un Anglais.

RODOLPHE.

Plus d'un rocher comme un géant

Lève aux cieux une tête altière,
Pas un d'eux n'aurait une pierre
Pour m'élever ce monument.

SCÈNE III.

Les Précédents, BIEDERMANN, PHILIPSON,
LES FILS BIEDERMANN.

BIEDERMANN.

Arrêtez ! Bas les fers ! Qui donc, dans ce domaine,
  Livre combat sans m'avoir consulté ?
Voyez-vous ces enfants que la fureur enchaîne ?
Qui prennent devant moi ce maintien irrité ?

(*A Rodolphe.*)

Rendez-moi votre épée.

RODOLPHE.

          Au plus grand dans la guerre,
A notre chef dans les combats,
Que dans la paix chacun révère,
Le plus soumis de vos soldats.

BIEDERMANN, *à Arthur.*

La vôtre.

ARTHUR.

De quel droit ?

BIEDERMANN.

Rendez-moi votre épée ;
Je suis le maître de ces lieux.

ARTHUR.

Les Geierstein commandaient vos aïeux ;
Votre puissance est usurpée.

BIEDERMANN.

De ce manoir je suis comte et seigneur ;
Le sang des Geierstein coule encor dans ces veines ;
Du peuple j'ai brisé les chaînes,
Le tyran s'est fait protecteur.

PHILIPSON.

Arthur, que de chagrins depuis une journée !

BIEDERMANN.

Je vois du bon dans cet enfant.
Vous serez unis maintenant ;
Votre querelle est terminée.

ARTHUR, RODOLPHE.	BIEDERMANN, PHILIPSON.
Nous serons unis, maintenant ;	Ils seront unis, maintenant ;
Notre querelle est terminée !	Cette querelle est terminée ;
Consacrons cette matinée	Ils consacrent la matinée
En nous liant par un serment.	En se liant par un serment

ARTHUR ET RODOLPHE. *en se donnant la main.*

Jusqu'au jour où, le fer en main,
Nous ferons une bonne guerre.

RODOLPHE.

Ce sera bientôt, je l'espère.

ARTHUR.

Je voudrais que ce fût demain.

PHILIPSON.

Qui vous a prévenu?

BIEDERMANN.

C'est mon ange, ma fée.
Je crois parfois que, comme ses aïeux,
Qui de savoir faisaient trophée,
Elle sait lire dans les cieux.

PHILIPSON.

Je l'aperçois sur cette roche immense.

BIEDERMANN.

Comme un chamois elle s'élance;
Des accords nous sont apportés...
(*Anne indique la route des montagnes*).
Elle fait signe,... elle s'avance...
(*On entend de la musique dans le lointain*).
Amis, ce sont nos députés.

TOUS.

Les députés de la Diète,
Qui devaient arriver ce soir !
Courons, courons les recevoir.

RODOLPHE, ARTHUR.

Que votre bouche soit muette ;
Nous pourrons un jour nous revoir.

TOUS.

Les voici ! les voici !

RODOLPHE, ARTHUR.

Mais alors, je l'espère,
Nul ne viendra nous déranger.

(La foule se porte hors des ruines du château. Albert de Geierstein paraît
devant les souterrains. Au moment où Anne entre dans la cour, elle suit
des yeux Arthur qui s'éloigne. Ce dernier lui fait un signe d'adieu. Anne
s'arrête et rougit, elle se détourne et voit son père).

SCÈNE IV.

ANNE, ALBERT DE GEIERSTEIN.

ALBERT.

Quel est donc ce jeune étranger
Qu'elle suit du regard ?

ANNE.

Mon père !

(Elle s'approche en courant. Albert dépose un baiser sur son front, lui remet une lettre et lui recommande le silence. Anne jette un coup d'œil sur l'écrit.)

ANNE.

Je vous obéirai.

SCÈNE V.

BIEDERMANN, PHILIPSON, ARTHUR, le PORTE-BANNIÈRE de Berne, DÉPUTÉS de la Diète, RODOLPHE, LES FILS BIEDERMANN, ANNE, paysans.

LA FOULE.

Victoire au landamman !
Au président de l'assemblée !
A Geierstein !

BIEDERMANN, *aux paysans.*

A Biedermann.
Vous m'avez vu dans la mêlée,
Ai-je fléchi parfois ?

TOUS.

Jamais !

BIEDERMANN.

Aujourd'hui nous voulons la paix
Pour sauver notre indépendance.

<table>
<tr><td>TOUS.</td><td>RODOLPHE.</td></tr>
<tr><td>Et nous jurons obéissance</td><td>Compte sur leur obéissance,</td></tr>
<tr><td>Au landamman de ce canton.</td><td>Mais non sur celle de l'ourson.</td></tr>
</table>

BIEDERMANN.

Nous partons demain pour Dijon.

TOUS.

Dijon la fière capitale !

BIEDERMANN.

Landamman, officiers, soldats,
Il faut que la prudence égale
Notre valeur dans les combats.

TOUS.

Protége-nous, Dame de l'Helvétie ;
Accorde-nous ta grâce et ton appui
Pour les malheurs d'une autre vie
Et pour les dangers d'aujourd'hui.

BIEDERMANN.

Au souvenir de nos anciennes guerres,

Venez, amis, allons heurter nos verres.

(*A Philipson et aux députés.*)

Ensemble nous partons demain.

PHILIPSON, *à Arthur.*

Et nous ce soir par un autre chemin.

ACTE DEUXIÈME

—

PREMIER TABLEAU.

Les bords du Rhin ; quelques maisons de pêcheurs le long du fleuve ; à
droite, sur le premier plan, l'entrée d'une chapelle avec une vieille croix.
De l'autre côté du Rhin on aperçoit les montagnes de la Forêt-Noire et
les tours du château d'Arnheim.

SCÈNE PREMIÈRE.

ARTHUR.

Toujours ce souvenir ; toujours cette pensée
Qui me poursuit partout et m'ôte le sommeil.
Faut-il brûler ainsi d'une flamme insensée ?
Fuyez, fantômes vains, comme une ombre au réveil !

    Au fond des bois de l'Helvétie
    J'ai laissé cet ange charmant.
    Si sa rigueur est adoucie
    Qu'importe, hélas ! à mon tourment !
    Je ne puis partager sa vie
    Lorsque l'Angleterre m'attend.

Je l'aimais naïve bergère.....
Mais elle est d'un rang élevé,
Elle sort d'une race fière.....
C'est bien ce que j'avais rêvé !
Mais je me dois à l'Angleterre
Et d'autre amour je suis sauvé.

SCÈNE DEUXIÈME.

ARTHUR, PHILIPSON, UN GUIDE, BATELIERS.

LES BATELIERS.

Le Rhin vous attend sur la rive,
   Passez, nobles seigneurs ;
   La voile fugitive
   Sourit aux voyageurs ;
   Ici, dans la nuit sombre,
   On a trop de dangers ;
   Jamais on n'a vu l'ombre
   Propice aux étrangers.

PHILIPSON, *au guide.*

Tu l'entends, finis ta prière.

LE GUIDE.

De Dieu j'implore le secours.

PHILIPSON.

Veux-tu de la journée entière
Voir ici terminer le cours ?

BATELIERS.

Le Rhin vous attend sur la rive,
  Passez, nobles seigneurs ;
    La voile fugitive
    Sourit aux voyageurs.

PHILIPSON, *aux bateliers.*

Merci, mais de la plaine
Je suivrai le chemin.

LE GUIDE.

Il faut reprendre haleine,
Nous partirons demain.

SCÈNE III.

Les Précédents, **ALBERT DE GEIERSTEIN**

ALBERT.

A votre prompt départ ce vagabond s'oppose ?

PHILIPSON.

C'est un guide.

ALBERT.

C'est un larron.

(*Au guide.*)

De tes lenteurs je sais la cause,
Je te connais, foi de baron.

(*Le guide s'éloigne avec frayeur.*)

Il s'est enfui, mais ma colère
Le retrouvera quelque jour.
Je suis ici pour une affaire,
Tenez-vous prêt pour mon retour.

(*Les bateliers l'aperçoivent et se retirent précipitamment.*)

SCÈNE IV.

PHILIPSON, ARTHUR.

ARTHUR.

C'est un bizarre personnage
Qui fait ainsi s'enfuir les gens.

PHILIPSON.

Il paraissait de haut lignage.
Sur ses regards intelligents
Ses noirs sourcils faisaient ombrage.

ARTHUR, *à part.*

Mon cœur bat, car sur son cimier
Un vautour étendait ses ailes.

PHILIPSON.

Pour Lancastre je vais prier,
Puis le départ.

SCÈNE V.

ARTHUR, *rêveur.*

Son œil lançait des étincelles.

SCÈNE VI.

ARTHUR, ANNE, à cheval, en châtelaine, le faucon au
poing, son voile abaissé ; ANNETTE ; PAGES, ÉCUYERS
dans le fond.

ANNE.

Quand l'étranger tendra trois fois...

ARTHUR, *tressaillant*

Songes vains ! quelle est cette voix ?

(*Se retournant vers la châtelaine.*)

C'est elle !

ANNETTE *riant.*

Modérez votre fougue amoureuse.

ANNE, *relevant son voile.*

De vous trouver je suis heureuse.

ANNETTE.

Il est doux de voir un amant.

ANNE, *à Annette.*

Taisez-vous, je n'ai qu'un instant
Pour les sauver. (*à Arthur*) Si votre père
Auprès de Charle est attendu,
Passez le Rhin; sur cette terre
Un piége affreux vous est tendu ;
Charle en Lorraine fait la guerre.

(*Elle lui donne sa main à baiser et presse son cheval; Annette rejoint sa maîtresse en faisant à Arthur un signe d'adieu.*)

ANNETTE.

Nous vous aimons, adieu.

SCÈNE VII.

ARTHUR.

L'ai-je entendu ?
Le ciel exauce-t-il ma prière insensée ?
Avant ma mort dois-je encor la revoir !
Ai-je une place en sa pensée !
De Geierstein elle a fui le manoir...
Quel est cet étrange mystère ?

SCÈNE VIII.

ARTHUR, PHILIPSON.

PHILIPSON.

Tout est prêt ; nous partons.

ARTHUR.

> Mon père !
Du fleuve traversons le cours,
Une gondole ouvre ses ailes.

PHILIPSON.

Pourquoi ?

ARTHUR.

> L'on en veut à nos jours.

PHILIPSON.

Qui vous a donné ces nouvelles ?
Qui nous connaît ?

ARTHUR.

> Des étrangers.
Ils m'ont dit : Charle est en Lorraine ;
Passez le fleuve, ici sont des dangers.

PHILIPSON.	ARTHUR.
De mon enfant est-ce bien la prudence ?	De votre enfant écoutez la prudence,
Arthur, ai-je entendu ta voix ?	Un bon conseil vous advient par ma voix,
Vous saviez mon chemin d'avance,	On sait notre route d'avance,
Pourquoi changer mon premier choix ?	Par pitié, changez votre choix.

PHILIPSON.

Puis-je compter sur votre obéissance ?

ARTHUR.

Mon père !

PHILIPSON.

On veut nous dépouiller,
On veut, non notre vie, hélas ! mais nos richesses ;
Rien de plus. Voici le collier...
Il doit vous introduire auprès du Téméraire,
Passez le Rhin.

ARTHUR.

Sans vous jamais !

PHILIPSON.

Est-ce à son père
Que mon Arthur a dit : jamais ?
Dans le chemin si je tombais
Qui donc pourrait nouer les fils de ce mystère ?
Partez, mon fils, soyez heureux.
Ainsi du moins l'un de nous deux
Atteindra le but du voyage.
Le Duc en recevant ce gage
Nous donnera des soldats et de l'or ;
Nous pourrons guerroyer encor
Pour Lancastre et pour l'Angleterre.

(Il fait signe aux bateliers.)

Silence !

SCÈNE IX.

Les Précédents, BATELIERS.

ARTHUR.

Bénissez, mon père,
Bénissez votre fils.

PHILIPSON, *le pressant dans ses bras.*

Mon enfant, mon trésor !

BATELIERS.

Le Rhin vous attend sur la rive,
Passez, nobles seigneurs ;
La voile fugitive
Attend les voyageurs.

SCÈNE X.

LES BATELIERS, *dans le lointain.*

Ici dans la nuit sombre,
On a trop de dangers,
Jamais on n'a vu l'ombre
Propice aux étrangers.

PHILIPSON *à genoux, à l'entrée de la chapelle.*

Un vieux guerrier, blanchi dans les batailles,
A tes autels aujourd'hui vient prier !

Il a de tous les siens conduit les funérailles,
  La foudre a brisé son cimier ;
Vierge, l'espoir de l'Angleterre,
Vois celui qui t'invoque ici,
Montre-toi toujours notre mère.

SCÈNE XI.

PHILIPSON, ALBERT DE GEIERSTEIN.

ALBERT.

Pour qui donc priez-vous ainsi ?

PHILIPSON, *se relevant.*

Je disais à la Vierge sainte :
Merci, Dame, de mon bonheur.

ALBERT.

Votre joie est comme une plainte.

PHILIPSON.

J'ai tant de choses dans le cœur !

ALBERT.

Partons… et votre fils ?

PHILIPSON.

                Il touche une autre terre.

ALBERT.

Vous vous jouez de ma colère.

PHILIPSON.

Pourquoi ?

ALBERT.

Je puis vous le dire en marchant.

PHILIPSON.

En route !

ALBERT.

Allons.

PHILIPSON.

Partons... hein ?

ALBERT.

Vieille barbe grise,
Vous me semblez un singulier marchand,
Vous oubliez...

PHILIPSON.

Quoi ?

ALBERT.

Votre marchandise.

PHILIPSON.	ALBERT.
Ah ! ma parole, c'est charmant !	Ah ! ma parole, c'est charmant !
	Nous verrons ce soir... imprudent !

BATELIERS.

Ici, dans la nuit sombre,
On a trop de dangers;
Jamais on n'a vu l'ombre
Propice aux étrangers.

DEUXIÈME TABLEAU.

Intérieur du château d'Arnheim, sur les bords du Rhin.

SCÈNE I.

ANNE DE GEIERSTEIN.

Je ne suis plus la naïve bergère
D'un marchand devinant l'amour ;
Je suis la dame noble et fière,
Habitant féodal séjour.
Adieu les souvenirs de ma blonde Helvétie,
Adieu sapins, rochers, torrents tumultueux !
Et cependant la prophétie
Me promettait des jours heureux !
Quel est cet étranger sans appui, sans naissance,
Et cependant non sans orgueil !
Est-il fier de son opulence ?
Plus noble éclair brille en son œil.
Est-ce un héros caché ? Quelle folie !
En suis-je donc réduite à pleurer son amour ?

SCÈNE II.

ANNE, ANNETTE.

ANNETTE.

Voici !

ANNE.

Qui ?

ANNETTE.

Le voilà ! plus de mélancólie,
Il est aussi beau que le jour.

ANNE.

Les Philipson ?

ANNETTE.

Un seul... Oh ! pas tant de tristesse !
J'ai bien choisi. Qu'il est heureux !

ANNE.

Tu dis ?

ANNETTE.

J'aurais voulu les avoir tous les deux...
— Tu me conduis vers la maîtresse...?
— Oui, sire Arthur.—Oh ! presse un peu tes pas.

ANNE.

Annette, parlez-vous à votre suzeraine ?
Il est seul, je n'y serai pas.

ANNETTE.

Eh bien, donnez-vous de la peine,
Madame fait la châtelaine ;
Plus de joyeux amours, hélas !

<table>
<tr><td>

ANNE.

Tu ne sais pas que la naissance
Impose ici cruel devoir ;
Là bas c'était sans importance ;
De nos jeux j'ai bien souvenance,
Ici je ne dois rien savoir.

</td><td>

ANNETTE.

Pensiez-vous à votre naissance
Quand il jouissait de vous voir ?
Qu'il attachait de l'importance
A votre simple souvenance ?
Qu'un soupir lui donnait espoir ?

</td></tr>
</table>

ANNETTE.

Oh ! dame châtelaine,
Que c'était la peine
De venir ici !
De faire toilette,
De me dire : Annette,
Que j'ai grand souci !
Moi, simple bergère,
Je fais mieux, j'espère ;
Et mon amoureux,
Comme moi fidèle,
Toujours se rappelle
Mes premiers aveux.

ANNE.

Annette, par pitié, dis-lui...

ÁNNETTE.

Mais s'il vous aime ?
Il est beau, gentil cavalier.

ANNE.

Oui, je commande et ne dois pas prier,
Dis-lui...

ANNETTE.

Mais le voici lui-même.

SCÈNE III.

Les. Précédents, ARTHUR.

ARTHUR.

Vous me pardonnerez d'avoir, à ce manoir,
Demandé, dame châtelaine,
L'hospitalité pour ce soir.

ANNE.

Seigneur...

ANNETTE.

Oh ! ce n'est pas sans peine !
En voyant des pays divers
Je trouve le mien préférable ;

(A Anne).

Ne prenez donc pas ces grands airs !

(A Arthur).

Comme autrefois soyez aimable !

<table>
<tr><td>ARTHUR, riant.</td><td>ANNE; riant aussi.</td></tr>
<tr><td>Ah ! vraiment ! elle est adorable.</td><td>Vraiment ! elle est insupportable.</td></tr>
</table>

ANNETTE.

Ah ! voilà ! c'est bien commencé,
Tout notre ennui s'est effacé.
Comme autrefois elle est aimable,
Comme autrefois il est sensé.
Je vais vous préparer la table.

SCÈNE IV.

ANNE, ARTHUR.

ANNE.

Annette ! Annette !

ARTHUR.

On n'entend plus ses pas ;
Elle est joyeuse et bonne fille.

ANNE.

Nous la traitons comme de la famille.

ARTHUR.

Ici vous ne m'attendiez pas.

ANNE.

Loin de moi, ruse mensongère,
Je vous attendais.

ARTHUR.

Oh ! bonheur !

ANNE.

Non seul, mais avec votre père
Et sous la garde de l'honneur.
Arthur, chassez toute folle pensée,
Calmez le feu de vos regards ;
Ne me croyez pas insensée,
Ne comptez pas sur les hasards.
C'est aujourd'hui l'heure dernière
Où vous vous approchez de moi ;
Une d'Arnheim est trop altière
Pour vous donner jamais sa foi.

SCÈNE V.

Les Précédents, ANNETTE.

ANNETTE.

Voici votre souper. — *(Regardant Arthur.)*
Quelle mine flétrie !

(Regardant Anne.)

Des pleurs ? — Mais il faut que l'on rie
Dans ce manoir hospitalier.
Dès le retour de la croisade
C'est ici qu'un preux chevalier,

Son aïeul passait pour sorcier ;
Je vais vous dire sa ballade.

Un prêtre de Saint-Gall,
    Un savant père,
Dit que l'ange infernal
    Sur cette terre
Revient tous les cent ans,
    Offrant richesse
A qui, d'un peu d'encens,
    Lui fait largesse.

Haut et puissant seigneur,
    Mais prince infâme,
Arnheim au tentateur
    Vendit son âme ;
Dès lors tout s'abaissa
    Sous sa puissance ;
Mais, quand il trépassa
    Eut repentance.

Pendant un siècle entier,
    Triste et craintive,
On vit du chevalier
    L'ombre plaintive,

Errant près du manoir
Jusqu'à l'aurore,
Et plus d'un croit le soir
L'ouïr encore.

Depuis ce jour Satan...
*(On entend les pas d'un homme d'armes qui monte pe-
samment l'escalier.*

(Avec effroi.)
Le voici...

ARTHUR.

Qui ? Satan ?

ANNE.

L'intendant de mon père.

(A Arthur qui se lève.)

Restez, soutenons sa colère.

ANNETTE.

Oui, faisons tête à l'ouragan.

SCÈNE VI.

Les Précédents, ITAL SCHRECKENWALD.

ITAL.

Eh ! quoi, déjà, charmante reine,
Vous amenez des amoureux ?

ANNE.

Chapeau bas, en parlant à votre suzeraine.

ITAL.

Mon beau cavalier, à nous deux ;
Que tout l'enfer me brûle de ses feux...

ANNE.

D'où vous vient donc tant d'insolence?
Depuis quand un humble vassal,
Chez moi, prend-il cette importance ?

ITAL.

Que ce cavalier sorte...

ANNE.

Ital !

Est-ce ivresse, orgueil ou folie,
Qui vous amène devant moi
Et vous fait manquer à la foi
Qui vous oblige et qui vous lie?
Votre grand air ne me plaît pas.
Chez noble dame ou damoiselle
Un soudart ne porte ses pas
Que lorsque sa voix vous appelle,
Et quand il parle il parle bas !

ANNETTE.

On dirait que, toute sa vie,
De dame elle a fait le métier.

ITAL.

Je dois savoir pourquoi ce cavalier
Jusqu'en ces lieux vous a suivie.

ANNE.

Le vassal ose interroger ?
A tout devoir vous êtes étranger,
Mais devant moi vous courberez la tête ;
De vos regards j'affronte la tempête.

ITAL.

Un fol amour blessera votre honneur.

ANNE.

Je n'en dois compte qu'à mon père.
Allez ! Et maintenant j'espère
Avoir en vous bon serviteur.

SCÈNE VII.

ANNE, ARTHUR, ANNETTE.

ANNETTE.

Nous avons parlé sans mystère.

ARTHUR.

Oh ! permettez qu'à vos genoux...

ANNE, *l'interrompant.*

D'un vassal insolent j'ai châtié l'audace,

Mais chacun demeure à sa place
Et tout reste égal entre nous.
Vous oublirez une sœur insensée
Qui laissa deviner le secret de son cœur,
Dont la plus profonde pensée
Fut un vœu pour votre bonheur.

ARTHUR.

Anne, si ma naissance à la vôtre est égale.....

ANNE.

Arthur ?.....   (*On entend un bruit au dehors.*)

ANNETTE.

Quel bruit dans le manoir ?

ANNE.

Qu'avez-vous dit ?

ANNETTE.

Moi, j'y vais voir.

SCÈNE VIII.

ARTHUR, ANNE.

ARTHUR.	ANNE.
Daignez sourire à l'ardente prière	Daignez aussi répondre à ma prière,
De l'inconnu qui vous poursuit d'amour,	Puis-je, en honneur, accepter votre
Et peut-être serez-vous fière	Je mourrais si je n'étais fière (amour ?
Du nom qu'il doit porter un jour.	Du nom qui sera mien un jour.

ANNE.

Avez-vous entendu? Cest un cri de détresse.

SCÈNE XI.

Les Précédents, ANNETTE, ITAL.

ANNETTE.

Fuyez, ô ma chère maîtresse !

ITAL.

Les lansquenets sont révoltés.

ARTHUR.

Où sont-ils ?

ITAL.

De tous les côtés ;
Ils vous tiennent pour prisonnière.

ARTHUR, ITAL, ANNETTE.

Nos corps seront une barrière.

ITAL, *à Arthur et à Annette.*

Fuyez, moi je m'en vais mourir.

ARTHUR.

Ne pourrons-nous donc contenir
Tous les efforts de la troupe rebelle ?

ITAL.

Plus ne sagit de languir à genoux,
Il faut du sang.

ARTHUR, *prenant les armes suspendues aux murs de la salle.*

Vous verrez à mes coups
Si je puis être digne d'elle.

SCÈNE X.

Les Précédents, LANSQUENETS ivres.

(Les lansquenets entrent en tumulte ; combat.)

LES LANSQUENETS.

Hardis cavaliers,
Vite au boute-selle !
Or et demoiselle
Sont pour les premiers,
Hardis cavaliers.
Cavaliers, soldats,
Veulent paye entière,
Ou la prisonnière
Verra nos ébats,
Cavaliers, soldats !

ARTHUR.

Aux soldats mutinés jamais accord ni grâce.

ITAL.

Pas de quartier.

UN LANSQUENET, *lui assénant un coup de massue.*

Voilà le mot de passe.

ITAL.

A moi !

ANNE et ANNETTE, vers les fenêtres.

Secours !

*Arthur se met à côté d'Ital, tous deux chargent les lans-
quenets et les repousssent hors de la salle   des domes-
tiques et des paysans viennent prêter main forte.*

ARTHUR.

Nous sommes délivrés.

ANNE, ANNETTE, ITAL.

Ils ont fui ?

ARTHUR.

Nos chevaux ?

ITAL.

Ils sont tout préparés.

ANNE, ANNETTE. ITAL.

Vous nous avez sauvé la vie.

ARTHUR.

Voilà pourquoi je l'ai suivie.

ANNETTE , à Ital.

Liens d'amour, liens sacrés.

ACTE TROISIÈME.

—

PREMIER TABLEAU.

Auberge de Mengs, grande salle voûtée, éclairée par des lampes suspendues à des chaînes de fer ; à droite longue et massive table de chêne couverte d'assiettes et de brocs ; à gauche un espace où des Bohémiens dansent en chantant ; autour d'eux et autour de la table, étudiants, marchands, voituriers, soudarts, voyageurs de tous rangs.

SCÈNE PREMIÈRE.

LES BOHÉMIENS, *hommes et femmes, dansant.*

La ronde du sabbat
Prend son ébat
Dans la bruyère ;
Chantant son virelai
Sur son balai
Vieille sorcière
Dit aux démons maudits :
« Le Paradis
N'est que mensonge ;
Tous les plaisirs divers

Sont aux enfers
Où je me plonge. »

La fille de satan
Prend son élan,
Court et s'envole ;
Dans un cercle de feu,
Fait son grand jeu
Et dit parole ;
Soudain la foudre luit,
Et de la nuit
Rompt le silence,
Et l'effrayant fléau
Fait du hameau
Brasier immense.

Pour se garder du mal,
Pacte infernal
Est nécessaire ;
Le monde est aux méchants ;
Les mécréants,
Sur cette terre,
Ont seuls honneurs, pouvoir,
Plaisir, savoir,
Et, pour connaître,
Dis au roi des enfers :

« Brise mes fers
Et sois mon maître ! »

SCÈNE II.

Les Précédents, PHILIPSON.

PHILIPSON.

Un voyageur veut l'hospitalité.

MENGS.

Par Satan qu'il soit emporté !
Ne voit-il pas qu'il nous dérange ?

PHILIPSON.

L'accueil peut me paraître étrange ;
Qui paie, ici, doit être bien traité.

MENGS.

Quelle est cette mode nouvelle
De s'asseoir sans être invité ?

PHILIPSON.

Allons, servez, pas de querelle.

TOUS.

Il s'asseoit sans être invité !

PHILIPSON.

Je m'asseois sans être invité.

MENGS.

Des coutumes de l'Allemagne
Vous ne paraissez pas instruit.

PHILIPSON.

J'aurais mieux fait, pour une nuit,
De rester en pleine campagne.

LES BOHÉMIENS.

Peut-être oui, peut-être non.
Par le pied fourchu du démon,
Disons-lui sa bonne aventure.

MENGS.

C'est un marchand, on le voit bien.

LES BOHÉMIENS.

Sur le dehors on ne sait rien ;
Allons, découvre ta figure.

<table>
<tr><td>PHILIPSON.</td><td>LES BOHÉMIENS.</td></tr>
<tr><td>Il faut rire de l'aventure.</td><td>Disons-lui sa bonne aventure.</td></tr>
</table>

LES BOHÉMIENS.

Ces traits hardis,
Ces flancs maigris,
Cette ligne de vie,
Ces doigts de fer
Et dans son air
Cette audace endormie,

              Ce large front,
              Cet œil profond,
          Nous font assez connaître
              Que ce marchand,
              Rusé, prudent,
          N'est pas ce qu'il dit être.

MENGS.

Fût-il le diable, il est un insolent.
Du couvre-feu l'on entend sonner l'heure ;
Que ce marchand sorte ou demeure,
Il n'aura plus le choix dans un instant.
Servez ; pour aujourd'hui notre table est complète,
    La porte est close, on peut manger,
        Et du dernier jour la trompette
        Ne saurait pas nous déranger.

TOUS.

O mes amis, de l'antique Allemagne
Gardons toujours et l'orgueil et les mœurs ;
    Que jamais la mode ne gagne
    Ni nos coutumes ni nos cœurs.
Vers l'étranger que mon voisin s'empresse,
D'un inconnu qu'il subisse la loi,
    Moi je conserve ma rudesse
    Et suis toujours maître chez moi.

(On frappe à la porte à coups redoublés.)

MENGS.

Oh ! la bonne plaisanterie....!

(*On se met à table.*)

Il faut plaindre un pauvre passant.

TOUS.

Les coups redoublent de furie.

MENGS *à un domestique.*

Dis-lui que le maître descend.

(*Il prend un bâton.*)

TOUS.

O mes amis, de l'antique Allemagne
Gardons toujours et l'orgueil et les mœurs ;
Que jamais la mode ne gagne
Ni nos coutumes ni nos cœurs.

SCÈNE III.

Les Précédents, ALBERT DE GEIERSTEIN.

(*Mengs rentre avec un air soumis et inquiet ; la plupart
des convives se lèvent effrayés ; Albert de Geierstein
regarde avec attention Philipson ; celui-ci paraît
étonné de l'effet produit par le nouveau venu.*

ALBERT.

Qu'attendez-vous ? Qu'on se remette à table.
Quelle terreur a troublé le festin ?

(A Philipson en s'asseyant près de lui.)

Je dois rendre grâce au destin
Qui m'approche d'un hôte aimable.
On chantait quand je suis entré,
On se livrait même à la danse.
Allons, là bas, troupeau cuivré,
Entendez-vous ? qu'on recommence.

MENGS, *empressé.*

Entendez-vous, troupeau cuivré ?
On vous l'a dit, qu'on recommence.

LES BOHÉMIENS.

J'obéirai, j'obéirai.
Or, écoutez l'histoire lamentable
D'un grand martyr, Monseigneur saint Denis,
Qui, possédé d'un courage indomptable,
Sa tête en main, traversa tout Paris.

ALBERT.

Il nous suffit, votre histoire est connue,
Suivant le temps vous changez de chanson ;
L'heure sera bientôt venue
Où nous serons à l'unisson.

(A Mengs.)

Vos convives font triste mine ;
L'un se tait, l'autre parle bas ;
L'on n'a plus faim, je m'imagine.

MENGS.

On avait fini le repas.

TOUS.

Et nous allions de nos prières
Faire bien vite hommage à Dieu.
Adieu, maître, adieu, sire, adieu.

ALBERT.

Songez bien à vos fins dernières.

TOUS.

Adieu, maître, adieu, sire, adieu.

(*On se retire.*)

PHILIPSON, *à un voyageur.*

Dites-moi, voyageur...

LE VOYAGEUR.

Silence.

UN AUTRE VOYAGEUR, *à Philipson.*

Vous n'êtes pas en sûreté.

PHILIPSON, *à un autre voyageur.*

Peut-on savoir ?

LE VOYAGEUR.

De la prudence.

PHILIPSON.

C'est comme un palais enchanté !

(*A Mengs.*)

Nous sommes seuls ; quel est donc ce mystère ?

MENGS.

Oh ! rien. Vous couchez en ce lieu ;
Il est bon parfois de se taire,
Et voici votre lit, adieu.

<table>
<tr><td>PHILIPSON.</td><td>MENGS.</td></tr>
<tr><td>Il est bon parfois de se taire</td><td>Il est bon parfois de se taire,</td></tr>
<tr><td>Et voici donc mon lit ? Adieu.</td><td>Et voici votre lit. Adieu.</td></tr>
</table>

SCÈNE IV.

PHILIPSON, *seul.*

Quel événenement se prépare ?
Seigneur Dieu, je suis dans ta main !
La prudence humaine s'égare,
L'esprit est un guide incertain.
O mon Dieu, veille sur le père,
Veille sur le fils en danger,
Veille surtout sur l'Angleterre
Soumise au joug de l'étranger.

(*Le mur du fond de la salle s'ouvre et on voit, à travers d'immenses souterrains, s'avancer avec des flambeaux la longue procession du tribunal vehmique ; deux hommes armés s'emparent de Philipson, lui lient les mains et lui font signe de se taire ; la procession* chante, *le tribunal s'assied, on prépare la corde et le poignard ; tous les membres du Saint-Vehmé sont masqués.*)

DEUXIÈME TABLEAU.

SCÈNE V.

PHILIPSON, LES MEMBRES DU SAINT-VEHMÉ.

LE SAINT-VEHMÉ.

Mesureurs du bien et du mal,
Apportez la toise et l'équerre ;
Ouvrez la fosse funéraire
A quatre pás du tribunal.

(*Des hommes masqués creusent une fosse.*)

La Cour s'assemble à l'orient,
Suivant nos coutumes sacrées ;
Les minutes sont mesurées
Pour l'homme assis à l'occident.

LES JUGES. *avançant la main sur la corde et le poignard.*

Jurons sur le poignard
Bonne et prompte justice ;
Que l'arrêt s'accomplisse
Sans crainte et sans retard.

LE PRÉSIDENT.

Quel est ce fils de la corde et du glaive ?

L'ACCUSATEUR.

Un étranger, un imposteur,
Qui, contre nous, parle et s'élève.

LE PRÉSIDENT.

Le crime est grave, accusateur.

(*A Philipson.*)
Étranger, sais-tu qui nous sommes ?

PHILIPSON.

Je crois..... je soupçonne du moins....,
Mais jamais des chrétiens, des hommes,
Ne condamneront sans témoins.

LE SAINT-VEHMÉ.

Vous entendez comme il blasphème ?
Il doute du saint tribunal !

PHILIPSON.

Puis-je me défendre moi-même ?

LE SAINT-VEHMÉ.

Oui, digne enfant de Bélial.

L'ACCUSATEUR.

Cet homme ici présent, naguère, en Italie,
Disait dans un festin que les rois allemands
Nous toléraient chez eux par faiblesse ou folie,
Qu'il fallait sans trembler braver nos jugements.

4

Il a dit que bientôt la main du Téméraire
Saurait de nos pouvoirs affranchir ses Etats ;
Que bientôt notre joug, absurde et sanguinaire,
Serait brisé par tous les potentats.

LE PRÉSIDENT.

Tu l'entends..... Et d'abord, ton pays ?

PHILIPSON.

L'Angleterre.

LE PRÉSIDENT.

Ton nom ?

PHILIPSON.

Philipson.

LE PRÉSIDENT.

Philipson ?
Tu n'en eus pas d'autre ?

PHILIPSON.

Pardon,
Lorsque autrefois j'ai fait la guerre,
J'avais encore un autre nom.

LE PRÉSIDENT.

Et c'était.... ?

PHILIPSON.

Du passé la trace est effacée ;
Tout a fui pour jamais.

LE PRÉSIDENT.

Même le souvenir ?

PHILIPSON.

Qu'importe ce qui vit au fond de la pensée ;
Le passé ne peut revenir.

LE PRÉSIDENT.

Ecoute, et réponds-moi. La hache est sur ta tête :
Tu serais plus en sûreté
Soutenu par un fil au sein d'une tempête,
Au milieu d'un fleuve indompté...
As-tu dit ce dont on t'accuse ?

PHILIPSON.

Je l'avoue.

LE SAINT-VEHMÉ.

Il avoue !

L'ACCUSATEUR.

Il mérite la mort.

PHILIPSON.

Ne croyez pas que je m'abuse
Sur ma réponse et sur mon sort ;

Mais permettez-moi ma défense.
Loin des pays soumis à votre obéissance
J'ai pu, sans être criminel,
Vous accuser d'être sévères ;
Dire qu'à l'ombre de l'autel
Siégeaient des juges sanguinaires ;
Que les rois étaient imprudents
De vous laisser votre puissance ;
Qu'un d'entre eux, et des plus vaillants,
Contre vous lèverait la lance ;
Mais avoir dit que mon conseil
Aux princes donnerait l'éveil,
Mais, moi, passant sur cette terre,
Sur ce sol soumis à vos loix,
Avoir jamais levé la voix,
Avoir rien dit qui fût contraire
Au pouvoir qui règne en ce lieu,
Je le nie.

LE PRÉSIDENT.

Ainsi, devant Dieu,
La main sur la corde et l'épée,
Plein d'honneur et de loyauté,
Tu ne dis que la vérité,
Ta bouche ne s'est point trompée ?

PHILIPSON.

Je le jure.

LE PRÉSIDENT.

Prie..... à genoux......
Juges sacrés, approchez-vous...
Délibération.

LE PRÉSIDENT.

Le Saint-Vehmé n'a qu'un supplice,
La mort, qui frappe le méchant,
Mais le glaive de la justice
N'a jamais touché l'innocent.
Tu fus coupable de folie,
Non de crime, retire-toi ;
Porte ailleurs tes pas, mais..... oublie.
Si tu parlais, prince ni roi
Ne pourrait malgré sa puissance,
L'immensité de ses Etats
Ou le nombre de ses soldats,
Te soustraire à notre vengeance.

(*On délie les mains de Philipson.*)

LE SAINT-VEHMÉ.

Mesureurs du bien et du mal,
Emportez la toise et l'équerre ;
Fermez la fosse funéraire
Au pied du sacré tribunal.

ACTE QUATRIÈME.

—

La salle du trône du palais ducal, à Dijon ; dames, seigneurs, chevaliers,
pages, écuyers, formant la Cour de Bourgogne ; officiers allemands et
italiens. commandant les différents corps étrangers à la solde du prince :
cavaliers stadriotes et soldats de la garde aux avénues de la salle.

SCÈNE PREMIÈRE.

CHARLES LE TÉMÉRAIRE, LE COMTE D'OXFORD, LA COUR.

DE DUC.

En revenant des marches de Lorraine,
  Où vous avez trouvé ma Cour,
  Dans cette ville souveraine
  J'ai voulu faire mon séjour ;
Et maintenant reprenons la demande
Que dans mon camp vous vîntes formuler.

OXFORD.

Ma témérité fut bien grande
Et je sais que je dois trembler.

LE DUC.

Vous mon ami, vous l'ami de mon père !
Que vous faut-il ? puisez dans mes trésors.
  Pour Lancastre et pour l'Angleterre
  Nous réunirons nos efforts.
  Est-ce assez ?

OXFORD.

  Mon âme alarmée
Ne peut croire à tant de bonheur.

LE DUC.

Vous commanderez mon armée.

SCÈNE II.

Les Précédents, LE COMTE DE CRÈVECOEUR.

LE DUC.

Que veux-tu, vaillant Crèvecœur ?

CRÈVECOEUR.

C'est pour la belle et noble dame,
Par Geierstein confiée à mes soins.

LE DUC.

Veillez d'abord à ses besoins,
Et dites-lui que je réclame

L'honneur de ses premiers regards.

SCÈNE III.

LE DUC, OXFORD.

LE DUC.

Nous lèverons nos étendards
Aux premiers jours de la saison nouvelle.

SCÈNE IV.

Les Précédents, ANNE DE GEIERSTEIN.

CRÈVECOEUR.

Sire, la voici.

LE DUC.

Qu'elle est belle !

ANNE DE GEIERSTEIN.

De Geierstein comtesse et damoiselle,
Entre vos mains je jure hommage et foi.
(*Relevant les yeux*).

Philipson !....

LE DUC, *se méprenant sur la cause de son trouble.*
Calmez votre effroi.

L'éclat du rang par le sceptre et le glaive
Ne doit troubler reine par la beauté.

SCÈNE V.

Les Précédents, ARTHUR.

OXFORD.

Voilà mon fils.

LE DUC.

Qu'il me soit présenté.
Approchez.

ANNE, *apercevant Arthur*.

Je crois faire un rêve.

LE DUC, *examinant Anne et Arthur, qui ont échangé un regard*.

Voyez qu'ils sont beaux tous les deux.

CRÈVECŒUR, *à voix basse au duc*.

On pourrait faire deux heureux.

LE DUC.

Eh bien ! nous les ferons, j'espère.

ARTHUR, *de manière à n'être entendu que d'Anne.*

« Quand l'étranger tendra trois fois... »

SCÈNE VI.

Les Précédents, UN HÉRAUT.

LE HÉRAUT.

On dit que, sortis de leurs bois,
Les députés de l'Helvétie,
Qui de se présenter avaient brigué l'honneur,
De la Ferrette ont tué le gouverneur.

LE DUC.

Mon gouverneur.... ! Eh bien je remercie
Le ciel qui m'a livré ces mutins insolents,
Pâtres grossiers, dans leurs rochers errants,
Et qui du droit commun n'ont nulle connaissance !
Ils vont connaître ma puissance :
Où sont-ils ?

LE HÉRAUT.

En ces lieux.

LE DUC.

Qu'on les pende.

OXFORD, ANNE, ARTHUR, CRÈVECŒUR.

Seigneur !

Nobles et députés !

LE DUC.

Qu'on leur tranche la tête.

<table>
<tr><td>

LE DUC.

'Ils ont amassé la tempête.
Les loups ont éveillé le repos du chasseur.
Des députés? bientôt ils me feront la guerre,
Ils sentiront l'épieu du Téméraire
Jusqu'au milieu de leurs glaciers.

</td><td>

ANNE.

De leur supplice qui s'apprête
Je veux aussi briguer l'honneur !
Ces révoltés, c'est le sang de mon père,
C'est mon oncle, c'est mon tuteur ;
De ses enfants je suis la sœur,
Dans chacun d'eux je vois un frère.

</td></tr>
<tr><td>

Quand la Bourgogne est insultée,
Quand une troupe révoltée
Verse le sang des chevaliers,
Il faudrait souffrir et se taire ?
Ils connaîtront le Téméraire,
Dussé-je y perdre mes soldats.

</td><td>

CHEVALIERS, SEIGNEURS, OFFICIERS.

Quand la Bourgogne est insultée,
Quand une troupe révoltée
Verse le sang des chevaliers,
Il faudrait souffrir et se taire ?
Ils connaîtront le Téméraire,
Dussions-nous perdre nos soldats.

</td></tr>
</table>

SCÈNE VII.

Les Précédents, UN HÉRAUT.

LE DUC, *brusquement.*

Quoi ?

LE HÉRAULT.

Les députés des Etats.

SCÈNE VIII.

Les Précédents, LES REPRÉSENTANTS DES ÉTATS DE
BOURGOGNE.

LE DUC, *avec colère.*

A mes féaux sujets, salut et bienvenue.
Votre fidélité connue
Ne saurait pas se démentir.

(*Il s'assied sur le trône.*)

Parlez...

LES ÉTATS.

D'une taille nouvelle
Vous voulez charger notre zèle...
Nous ne pouvons y consentir.

LE DUC.

C'est tout ?

UN PRÊTRE.

Dieu ne veut pas d'une guerre insensée.

UN NOBLE.

De voir tant d'étrangers la noblesse est blessée.

UN BOURGEOIS.

Le tiers-état vous demande pardon,
Mais pour payer encore et toujours, il dit : non.

LE DUC.

Ainsi, c'est un complot, on blâme cette guerre,
On voudrait voir le Téméraire
Comme un agneau timide et doux ;
Le bourgeois est avare et le noble est jaloux.
Comme de vos conseils de votre or je me passe.
Je n'irai pas demander grâce
A quelques vassaux insoumis.
Il nous reste encor des amis,
De l'or et des soldats, la force et la puissance !
Malheur à qui nous fait sentir son insolence.
(*Aux chevaliers.*)
Seigneurs, nous partirons demain.
Le châtiment est, dans ma main,
Suspendu sur plus d'une tête.
Quant au supplice qui s'apprête...

OXFORD, CRÈVECŒUR, SEIGNEURS.

Noble duc, écoutez,

LE DUC.

J'attends,
Que voulez-vous ?

OXFORD, CRÈVECŒUR, SEIGNEURS.

Une prière...

Une grâce !

LE DUC.

C'est la dernière,
Voyons, je compte les instants.

OXFORD, CRÈVECŒUR.

Les députés...

LE DUC.

Qu'on les amène,
Que leur audace se déchaîne
Devant mes sujets mutinés.

(*Aux chevaliers.*)

Et maintenant vous êtes étonnés
De voir pour vos avis tant de condescendance ;
Je ne veux tirer de vengeance
Que le fer à la main, au sein de leurs hameaux ;
Je disperserai leurs troupeaux
A la flamme de leurs chaumières.

UN HÉRAUT.

Les représentants des Cantons.

SCÈNE IX.

Les Précédents, LES DÉPUTÉS DES CANTONS SUISSES, BIEDERMANN, RODOLPHE DE DONNERHUGEL, LES FILS BIEDERMANN, GARDE SUISSE *désarmée; CHARLES leur fait signe de parler.*

BIEDERMANN.

Les députés de peuplades guerrières,
Habitant de pauvres vallons,
Noble duc, à vos pieds exposent leur demande...

LE DUC, *l'interrompant.*

C'est vous qui menez cette bande ?
Je vous aurais fait pendre au plus haut d'un gibet
(*Montrant Oxford.*)
Si cet ami qui vous connaît
N'eût sollicité votre grâce.

LES SUISSES.

C'est Philipson que j'aperçois ?

LES FILS BIEDERMANN, *voyant Arthur.*

« Quand l'étranger tendra trois fois... »

BIEDERMANN, *étonné.*

Qu'avons-nous fait pour cette injure ?

LE DUC.

Von-Agenbach, mon pauvre gouverneur,
Peut-être maintenant gis-tu sans sépulture !
Ces béliers errent sans pasteur,
Mais je tondrai leur peau jusqu'au sang, je le jure.

RODOLPHE.

Von-Agenbach a mérité son sort,
Mais nous accuser de sa mort
C'est faire une sottise extrême.
Un tribunal, que vous connaissez même,
A tout fait seul, vous devez le savoir ?

LE DUC, *ému.*

Ce fameux tribunal qui prétend tout savoir ?
Il tombera.

RODOLPHE.

Je le répète,
Le gouverneur de la Ferrette
D'un tribunal fameux a senti le pouvoir.

BIEDERMANN.

A peine avons-nous pu le voir.
On nous avait ouvert la porte,
Nous entrions avec notre escorte

Quand tout à coup nous sommes entourés ;
A peine au combat préparés
Nous entendons un cri d'alarmes ;
La révolte courait en armes ;
Bientôt Von-Agenbach paraît
Conduit par les bourreaux du tribunal secret.
Que faire alors ? Un échafaud s'apprête...
Nous avons vu tomber sa tête...

LE GRAND-CHANCELIER.

Mais à sa mort vous avez consenti,
Je le sais.

RODOLPHE.

Vous avez menti.
Qui vous croira ? Voici mon gage.

ARTHUR, *jetant son gant.*

A moi le premier !

TOUTE LA COUR.

Quel outrage !

CHEVALIERS. *jetant leurs gants.*

Château-Vilain ! La Baume ! Arlay ! Châlons !

RODOLPHE.

Jetez vos gants, nous les tenons.
A moi les chevaliers de Flandre et de Bourgogne !

LE DUC, *se levant de son trône*.

Arrêtez tous ! Mes chevaliers
Combattre des pâtres grossiers ?
Par Notre-Dame de Cologne,
Ce serait pour eux trop d'honneur.

ARTHUR.

C'est à moi seul qu'appartient cet honneur,
Il a connu déjà le poids de mon épée.

LE DUC.

Ce jeune coq chante haut sa valeur,

(*Au héraut.*)

Mais cette fois elle sera trompée.
Relevez ces gants.

BIEDERMANN.

Mon seigneur !
Mes cheveux ont blanchi, ma tête est dépouillée ;
Du temps et des combats j'ai supporté les coups
Et cependant ma paupière est mouillée
Et je me mets à vos genoux.

O mon pays, pour toi je m'humilie !
Nous attaquer serait folie ;
Nous avons moins d'argent dans nos trésors
Que vos coursiers n'en portent à leurs mors !
Pourquoi nous feriez-vous la guerre ?
Nous n'avons qu'une pauvre terre ;
Point de gloire pour vous à battre des bergers ;
Mais si Dieu, voyant nos dangers,
Du faible bénissait les armes,
Quel affront pour vos chevaliers !
De sang ils verseraient des larmes
En s'enfuyant de nos glaciers.

LE DUC.

On suit les loups dans leur tannière
Quoique leur chair ne vaille rien.
Allez m'attendre à la frontière,
La corde au cou, dans le maintien
D'esclaves révoltés demandant grâce au maître,
Et je l'accorderai peut-être.

BIEDERMANN ET TOUS LES SUISSES.

En ce cas, salut aux combats,
Adieu la paix, vive la guerre !
Tous nos enfants seront soldats
Et vous entendrez, je l'espère,

La vache d'Underwald beugler dans les rochers
Et le taureau d'Uri qui brise les archers
Comme un fléau brise la paille.

TOUS.

Bataille ! Bataille !

LE DUC.

Que parlent-ils de vache et de taureau ?

BIEDERMANN.

Voici notre défi.

LE DUC.

Que la main du bourreau
Le cloue au gibet comme infâme !
Partez !

ANNE.

Et je pars avec eux,
C'est la faveur que je réclame.
J'ai partagé leur sort quand ils étaient heureux,
Mon père, alors proscrit au fond de l'Allemagne,
Avait entre leurs mains déposé mon berceau ;
Dans leur malheur je serai leur compagne,
Pour moi leur sort est assez beau.

LE DUC.

Vous avez passé la frontière
D'après les ordres paternels,
Vous resterez dans mon camp prisonnière.

ARTHUR ET RODOLPHE, *se défiant.*

Il te souvient de serments solennels.

LES SUISSES.

Gagnons la montagne !
Bourgogne et Bretagne,
Gens d'armes, archers,
Bataillons immenses,
Briserout leurs lances
Contre nos rochers.

ARTHUR, RODOLPHE.

La guerre te sera fatale.

*(Une corde et un poignard roulés avec un morceau de
parchemin tombent aux pieds du duc).*

LE DUC ET LA COUR.

Eh ! quoi ? la corde et le poignard !

LE DUC.

Fermez le palais sans retard,
Que nul ne sorte de la salle,

Saisissez le coupable ! On en veut à mes jours,
Du tribunal de sang je brave l'insolence.
Et je briserai sa puissance.

ALBERT DE GEIERSTEIN (*à part.*)

Du Saint-Vehmé les coups portent toujours.

ACTE CINQUIÈME.

—

Le camp de Charles-le-Téméraire ; à droite, une tente avec l'étendard de
Bourgogne et des gardes ; à gauche, la bannière de Crèvecœur ; au second plan des tentes mal alignées, des soldats mal armés, des chevaux
et l'artillerie en désordre ; dans le fond, la ville de Nancy assiégée. Sur
le devant de la scène, le duc assis, pâle, amaigri, les cheveux épars, la
barbe longue, la tête baissée ; il prononce des paroles sans suite et
semble ne pas reconnaître les officiers qui l'entourent.

SCÈNE PREMIÈRE.

LE DUC, CHEVALIERS, OFFICIERS, GARDES.

LE DUC.

Morat ! rendez-moi mes soldats.
Le lac est profond, la nuit sombre...
Je ne sais plus quel est leur nombre ;
Ils ont péri dans les combats.

Pourquoi courir à votre perte ?
Foudroyez les retranchements ;
De Morat la porte est ouverte ;
Entrez dans ce nid de géants !

(Avec découragement).

L'ours de Berne veille à la porte.
De noirs corbeaux une cohorte
Vole à l'entour de nos coursiers.

(Reprenant).

Bourgogne ! A moi tes cavaliers.
Qu'a-t-on fait de ma belle armée ?
Ils m'ont quitté. Commine ! Oxford !
Morat ! Morat ! le duc est mort.

SCÈNE II.

Les Précédents, OXFORD.

CRÈVECŒUR.

En le voyant mon âme est alarmée,
Il vous appelle et vous nomme tout bas.

OXFORD.

Altesse !

CRÈVECŒUR.

Il ne vous entend pas.

OXFORD.

Aux plus grands jours de ta puissance
Je n'ai jamais fléchi le genou devant toi.

(*Se mettant à genoux.*)

O mon prince ! répondez-moi ;
Qu'exigez vous de mon obéissance ?

TOUS.

Rien ! toujours rien ; son esprit abattu
N'a pas pu supporter la perte de sa gloire.

OXFORD.

A son génie, à sa mémoire
Puissé-je rendre leur vertu !

(*Aux chevaliers.*)

Adieu donc, mes amis !

TOUS.

Vous allez ?

OXFORD.

A la guerre.
Je veux joindre ma lance aux drapeaux bourguignons.
J'aurai là-bas de joyeux compagnons,
Je vais chercher Charles-le-Téméraire.

LE DUC.

Charles ? c'est moi !

OXFORD.

Vous, prince, quelle erreur !

LE DUC.

C'est moi !

OXFORD.

Que dites-vous, beau sire ?
Le duc est un puissant seigneur ;
Du Rhône à l'Océan il étend son empire ;
Où prenez-vous votre grandeur ?

LE DUC.

D'un outrage sanglant tu porteras la peine.
(*Cherchant une arme.*)
Point d'épée ! et pas de poignard !
Gardes ! chevaliers ! qu'on l'entraîne !

OXFORD, *lui prenant les mains.*

Mon prince, frappez un vieillard ;
Mais relevez la tête plus altière,
Faites trembler l'Europe entière
En reprenant votre valeur.

LE DUC, *se jetant dans ses bras en pleurant.*

Oxford ! Oxford ! ô noble cœur !
Pour me sauver d'une faiblesse extrême
Tu n'as pas craint de m'exposer tes jours ;
Mais maintenant je redeviens moi-même !
De nos exploits nous reprendrons le cours.

CHEVALIERS, SOLDATS.

De nos exploits nous reprendrons le cours !
Bourgogne ! noble terre,
Pays des chevaliers,
Entends le cri de guerre,
Le cri du Téméraire
Et de ses cavaliers.

LE DUC.

J'ai retrouvé ma puissance première !
Cavaliers du Vexin, gens d'armes de l'Artois,
Vous déploîrez votre bannière ;
Les lances du Hainaut marcheront à ma voix.
Caché dans ses hautes murailles
Vaudemont brave nos efforts,
Ce soir le destin des batailles
Remplira sa ville de morts.
Que dans mon camp le clairon sonne !

UN CHEVALIER.

On dit que d'Underwald on entend les guerriers.

LE DUC.

Faites armer notre garde walone,
Levez l'étendard, chevaliers !
(*A Oxford.*)
Vous resterez auprès de ma personne.

SCÈNE III.

CRÈVECŒUR, OXFORD, ARTHUR, LA COMTESSE DE CRÈ-
VECŒUR, ANNE DE GEIERSTEIN, CHEVALIERS *se pré-
parant au combat. La comtesse a entendu les dernières paroles du duc.*

LA COMTESSE.

A l'université d'Oxford
Vous avez étudié ?

OXFORD.

Madame !

ARTHUR, *lisant un billet.*

L'ourson m'attend à la porte du nord,
Je vais où l'honneur me réclame.

<table>
<tr><td>

LA COMTESSE DE CRÈVECŒUR.

Je me confie à votre honneur,
Le duc la retient prisonnière.

Faites, seigneur, une cure dernière :
Avant de lever la bannière

Obtenez traitement meilleur.

</td><td>

ANNE.

Qu'êtes-vous devenus, ô rêves de mon cœur
Je ne suis plus ici qu'une humble prison-
[nière.
Il a de mon regard détourné sa paupière !
Mon oncle au camp lorrain a conduit sa
[bannière
Et mon père gémit sous un joug oppresseur :

</td></tr>
</table>

SCÈNE IV.

Les Précédents, LE DUC *entr'ouvrant sa tente.*

LE DUC.

Que dites-vous, dame de Crèvecœur ?
Son père vagabond est au ban de l'empire,
Son oncle, vieux berger, acharné contre nous,
Devant Morat m'a fait sentir ses coups ;
C'est malgré lui que je respire ;
Longtemps encor m'en souviendrai.

SCÈNE V.

Les Précédents, UN CHEVALIER.

LE CHEVALIER.

Devant le camp deux guerriers sont aux prises :

L'ourson de Berne...

LE DUC.

Et l'autre ?

LE CHEVALIER.

Oxford.

LE DUC.

Par saint André !

Pour éviter toutes surprises
De ce combat je veux être témoin.
(*A Oxford.*)
De le doter tu n'auras pas le soin ;
De nos pays la plus riche héritière
Lui donnera ses manoirs et son cœur.
Ainsi le veux.

OXFORD.

O mon Seigneur !

SCÈNE VI.

LA COMTESSE DE CRÈVECŒUR, ANNE, CAMPO BASSO,
ALBERT DE GEIERSTEIN, *en garde-Wallon.*

ANNE.

C'est le dépit qui rougit ma paupière ;
Secret d'amour ne peut-il se cacher ?

*(Campo Basso place Albert de Geierstein devant la
tente du duc. Des pages et des écuyers vont et
viennent devant la tente.*

ALBERT.

Ssus ce déguisement viendra-t-on me chercher ?
Ma fille est là, je la vois, qu'elle est belle !
Pour éviter une guerre cruelle
De son enfance elle avait fui les lieux ;
Mais comme au temps de nos ayeux,
La Suisse a repoussé la guerre,
Elle a chassé le Téméraire,
Le reste est à moi...
*(Il regarde dans la tente et y jette la corde et le poignard
du Saint-Vehmé.)*

SCÈNE VII.

Les Précédents, RENTRÉE DES BOURGUIGNONS,
RODOLPHE, *blessé et prisonnier.*

SOLDATS, CHEVALIERS.

Saint André !
Cette victoire est belle !
(Montrant Arthur.)
Son regard étincelle,
Son ennemi chancelle,
Pauvre confédéré !

LE DUC.

Oxford, ton fils s'est illustré.

SOLDATS, CHEVALIERS.

Saint Georges et saint André !
Vous daignerez entendre
La Bourgogne et la Flandre
Qui vous ont honoré.
La Suisse et la Lorraine
Porteront une chaîne,
Le fer est préparé,
Saint Georges et saint André !

RODOLPHE.

Je suis vaincu, c'est le destin des armes,
Mais mon pays n'a-t-il donc qu'un soldat ?
Le vent n'a pas séché les larmes
Que je vis tomber à Morat.

LÉ DUC.

Morat ! Quel souvenir ! Ma tête encor s'égare !

RODOLPHE.

Morat !

LES CHEVALIERS.

Insensé, taisez-vous ?

LE DUC.

Tu veux en vain irriter mon courroux.

RODOLPHE.

C'est le gibet qui se prépare ?

LE DUC.

Non, je pardonne et tu peux t'en aller.
Toi qui ne sus jamais trembler,
Va dire à Vaudemont, caché dans ses murailles,
Que ses remparts ne le sauveront pas,
Et que je marche sur tes pas
Faire sonner ses funérailles.

RODOLPHE.

Tu me rends à la liberté
Et je te sauverai peut-être.
Qui ne peut pas servir de maître
Ne commet pas de lâcheté !

LE DUC.

Parle.

LES CHEVALIERS.

Que veut-il dire ?

RODOLPHE.

Il y va de ta vie.
De ce Campo Basso que ton cœur se méfie.

LE DUC.

Campo Basso ?

RODOLPHE.

Lui-même. Il en veut à tes jours.

LE DUC.

Toi ! de la calomnie employer le secours
Lorsque je te rends à toi-même ?
Il est mon ami.

RODOLPHE.

Lui ?

LE DUC.

Je l'aime.

RODOLPHE.

Lui, ton ami ? tu vas t'en repentir.
Adieu, je voulais t'avertir.
(*Le duc s'approche de sa tente ; il aperçoit la corde et
le poignard du Saint-Vehmé.*)

LE DUC.

Encor ce tribunal à la sourde vengeance !

CHEVALIERS.

Ce tribunal qui nous glace d'effroi !

LE DUC.

Qui voudrait s'élever à moi
Et dont je briserai dès ce jour la puissance.
Je sens renaître ma fureur,
Que Nancy soit livrée aux flammes !
A l'assaut ! Qu'on prenne les femmes !
Je veux régner par la terreur.

SOLDATS, CHEVALIERS.

Aux armes !

LE DUC.

Le canon ?

SOLDATS, CHEVALIERS.

Aux armes !
Le camp, à l'ennemi livré,
Par les Lorrains est entouré.

LE DUC.

D'où viennent tous ces cris d'alarmes ?
A cheval ! seigneurs, chevaliers !
Qu'ils soient enivrés de carnage !

SOLDATS, *fuyant.*

Les Italiens ont livré le passage,
Campo Basso guide les ennemis.

LE DUC.

Ainsi donc nous sommes trahis !

OXFORD, ARTHUR, CHEVALIERS.

Vengeance, cavaliers, vengeance !

LE DUC.

Le sanglier dans sa bauge traqué
Ne mourra pas sans résistance.

CHEVALIERS.

Allons au plus fort attaqué.

SCÈNE VIII.

LA COMTESSE DE CRÈVECŒUR, ANNE, PAGES, ÉCUYERS.

UN ÉCUYER, *accourant.*

Votre époux n'est plus.

LA COMTESSE.

Malheureuse !
Je suis perdue ! Oxford ! Oxford !

OXFORD.

A cheval !

LA COMTESSE.

Mon époux est mort !

VOIX *au dehors.*

A moi !

LA COMTESSE.

Quelle journée affreuse !

ANNÉ, *à Arthur qui accourt armé.*

Toute défense est insensée,
Fuyez !

ARTHUR.

Je demeure avec vous,
N'êtes-vous pas ma fiancée ?

SCÈNE IX.

Les Précédents, ALBERT, *blessé mortellement.*

ALBERT.

Elle est à toi. Reçois-la de mes mains.
Vous avez eu pareille destinée ;
Ainsi que toi, sans biens, abandonnée ;
Comme elle en proie à des temps incertains !

Moi, j'ai fini mes jours sur cette terre,
Tout a manqué sous mes pieds impuissants,
Ne songez plus à l'Angleterre.

ANNE, ARTHUR.

Nous vous emmènerons, mon père.

ALBERT.

Je compte mes derniers instants.

ALBERT, ANNE, ARTHUR.

Les cris s'approchent. La mêlée
Nous entoure...

LA COMTESSE.

Pitié pour moi !

ALBERT.

De cette femme échevelée,
Voilà qui calmera l'effroi.

(*Il se dépouille de son manteau et laisse voir les
insignes de président du Saint-Vehmé. Anne, la
comtesse et Annette s'agenouillent auprès d'Albert qui
les couvre de son manteau. Oxford et Arthur restent
debout l'épée à la main.*)

SCÈNE X.

Les Précédents, LES SUISSES VAINQUEURS, BIEDERMANN.

LES SUISSES.

Suisse ! Suisse ! cri des batailles !
Qui résiste au taureau d'Uri ?

ALBERT DE GEIERSTEIN.

Assez de braves ont péri,
Sonnez le glas des funérailles.

LES SUISSES.

Les insignes du Saint-Vehmé !
Quel est cet homme désarmé
Dont le front mesure la terre ?

ALBERT DE GEIERSTEIN.

Celui qui fut le Téméraire.

ARTHUR.

Charles de Bourgogne !

OXFORD.

O pitié !

BIEDERMANN.

Silence, amis, l'inimitié

Devant la mort doit disparaître.
Le fer est caché dans son flanc !

OXFORD.

O mon héros ! ô mon prince ! ô mon maître !
Quelle est la main qui répandit ton sang ?

ANNE, *se jetant au cou de Biedermann.*

Mon oncle !

BIEDERMANN, *à sa nièce.*

Mon enfant !
(*Voyant Albert blessé.*)
Mon frère !

ALBERT.

Ce cri du cœur me fermera les yeux !
Je vois l'avenir dans les cieux.
La liberté règne sur l'Helvétie...
O Bourgogne, ton maître est mort.
Mon sang s'unit au sang d'Oxford...
Suivant l'antique prophétie,
Je vois aux pieds du souverain
Le vautour étendant ses ailes.
Lancastre, tes couleurs si belles
Sur ton pays règnent enfin.

LES SUISSES.

Silence ! Paix à sa mémoire.
Avant de chanter notre gloire,
Prions pour ceux que le sort a trahis.
La Suisse est libre. Dieu nous donne
Le courage que rien n'étonne,
Des cœurs droits.

BIEDERMANN, OXFORD ET ARTHUR.

Et de vrais amis.

FIN.